서래마을 물까치

황금알 시인선 298
서래마을 물까치

초판발행일 | 2024년 10월 31일

지은이 | 이희숙
펴낸곳 | 도서출판 황금알
펴낸이 | 金永馥
주간 | 김영탁
편집실장 | 조경숙
표지디자인 | 칼라박스
주소 | 03088 서울시 종로구 이화장2길 29-3, 104호(동숭동)
전화 | 02)2275-9171
팩스 | 02)2275-9172
이메일 | tibet21@hanmail.net
홈페이지 | http://goldegg21.com
출판등록 | 2003년 03월 26일(제300-2003-230호)

서래마을 물까치

이희숙 시집

황금알

딱따구리가 많으면 숲은 건강해진다. 오색딱따구리, 청딱따구리, 큰오색딱따구리, 쇠딱따구리 등이 나뭇결 속 해충알까지 해치운다. 입추 무렵 코로나가 다시 번지고 있다. 1년 반여 하얗게 병상에 누워 기진한 남편이 속절없이 걸려들었다. 갈바람 따라 COVID를 이겨낼 딱따구리가 날아들기를, 성령의 빛으로 기력이 회복되기를 바라는 마음으로 이 시집을 엮었다.

"휘영청//기슭 따라 차오르는 고요//하늘을 고요로 적신다//그대 근처에서//스스로 그러하다"(「분청달항아리」) 내 믿음생활이, 내 삶의 하루하루가 그렇게 익어가기를 기도한다.

차 례

1부 자주포 가는 길

2부 세상에서 가장 아름다운 눈부처

3부 고호皐湖 하늘나리

1부

자주포 가는 길

서달산 달빛

서달산이 반물빛 낮으로 돌아앉았다

하늘은 폐병 앓듯이 붉게붉게 앓고 있는데

부싯돌 긋듯이 채화採火한 저것

서래마을 물까치

서래마을의 물까치를 아시나요
작살나무 흰 꽃보라 날리는
서래마을 서리풀공원의 물까치를 아시나요

서늘하고 어린 비췻빛 깃을 털어
서늘하고 어린 서래마을
먼동을 깨우는 물까치를 아시나요

자그락 자그락 연필심 같은
부리가 지저귈 때마다
서리풀공원 숲의 가슴골마다
푸르게 깊어지는 이유를 아시나요

날개를 쳐 날아오르면
서리풀 공원 풍경이 길쓸별[彗星]처럼
비질을 하며 날아오르는
서래마을 물까치의 기적을

꽃보라 꽃보라

잎눈이 움트는 초봄
좀작살나무 가을열매를 생각하며
벌써 가슴이 두근거린다

갈맷빛 잎새 그늘에
욜랑욜랑 흔들리는

꽃보라 꽃보라

그 품에 사로잡힌 마음이
고요 속에 깊다

고요

소란한 마음 하늘을 보면
봄 여름 가을 우려낸
빈 김장독처럼 향기로울까

숲길이 숲길을 열듯이
계곡 고비고비 비취빛 이내[嵐]를 보듯이
천년 삭아 내리는 고요가 잘 보일까

달빛이 천길 물속에 사뿐사뿐 풀리듯이
계곡 고비고비 달빛 다듬이질 소리 듣듯이
천년 삭아 내리는 고요가 잘 들릴까

자주포 가는 길
― 장단 참게잡이 · 1

어슬녘 산등성에 설핏 노을이 얹힐 때면 자주포 할아
버지댁으로 참게잡이 가고 싶다 임진강 가운뎃고랑포에
아랫고랑포 윗고랑포가 이어달리는 신작로를 벗어나,
익모초 큰개쑥부쟁이 들쑥이 집성촌을 이루는 벌판을
가로질러, 수숫대 옥수숫대가 어린 내 키를 훌쩍 넘은
밭두렁길을 지나, 문득 열리는 황금들머리 건너

갈바람 부는 들녘 사잇길
부엉이 우는 소리 다문다문 날리는

자주포 할아버지댁 가는 길

산마루 넘는 하얀 고갯길 아래
야트막한 산기슭에 깃든
저녁안개 굴뚝연기 가물가물 피어오르는
자주포마을이 아슴푸레하다

포구는 어디쯤일까 보이지 않는다

자주포 할아버지댁
— 2장단 참게잡이 · 2

저녁안개 어스레 저무는 마을
마을우물이 부챗살처럼 고샅길을 펼친다
자주포 할아버지댁이 아스라하다
돌각담 앞에서 기다리시는 할아버지
훤칠하신 키에 하얀 옷자락이 흐리마리하다

문이란 문은 죄다 열어젖힌 띠풀집
화툇불 위 된장찌개 구뜰한 냄새
화툇불 앞 멍석 위엔 두레상이 둘
두레상 둘레에 햇노란 햇조팝이 눈에 시리다

−어여 먹자구요 어여어여 먹고
참게 잡으러 어여 가야지
오빠 또래 아저씨 둘은
낮결 내내 기다린 깜냥에 설레발이 푸지다

할머니는 어린 아줌마를 데불고 이른 새벽부터
햇장단콩을 불리고
맷돌에 갈아서 끓였다

간수를 부어 멍울멍울하다
보에 싸고 두부모판에 안쳐
두부를 만드셨다
허리 한번 펴지도 못한 채
노릇노릇 두부를 부쳐내느라 분주하시다

할아버지는 그저 흐뭇하시다

참게잡기
― 장단 참게잡이 · 3

처서處暑 지나 귀뚜라미 우는 어정 7월 건들 8월※
참외는 맛을 잃고 참게는 맛이 든다
게구멍을 쑤셔서 잡는 여름게완 영판 다르다
김장배추 파종도 끝나고 가을걷이까지는 농한기
장벼가 여물고 대추가 단맛 들기를 기다린다
임진강을 타고 서해로 회귀하는 참게를 잡는 철

자주포 할아버지댁에서 전갈 오기를 기다린다

봄날 서해에서 부화된
속살 환히 비치는 참게의 유생들
임진강 민물을 거슬러 올라
논두렁에 구멍을 파고 여름 한철을 지낸다
냇물이 아침저녁 달라지는 환절기
서해로 돌아갈 채비하느라 살집이 차지다

위 논배미 아래 논배미 물꼬 타고 부서지며
하얗게 모여드는 산기슭 시냇물
물목에 널을 가로질러 게막을 친다

발을 비스듬히 치고 한쪽을 열어 물길을 튼다
호롱불빛 아래 물살을 따라 흰 차돌 사이마다
아른아른 일렁이는 검은 참게떼

애들은 뜰채로 어른들은 구멍 숭숭 뚫린 냄비로 잡는다

* 어정 7월 건들 8월의 7,8월은 음력.

참게수제비
— 장단 참게잡이 · 4

머룻빛 밤하늘엔 별빛이 쏟아지고
내 두 눈엔 잠이 쏟아진다
아버지 등에 업혀서 할아버지댁 봉당에 들어서면
자정이 지났는데 할머니 혼자 분주하시다

부엌에선 하얀 김이 모락모락 피어오른다
무를 삐치고 호박을 썰고
생강 파 마늘 다지는 소리
된장 고추장을 푼 국수 삶은 제물에
다시마 버섯으로 여며 끓이는 구뜰한 육수내음

아시 끓인 육수에 손질한 참게와 푸성귀를 넣는다
잘팍하게 숙성한 밀가루 반죽이 할머니 손끝에서
야들야들 투명하게 뚝뚝 떨어지는 수제비

절절 끓는 아랫목에서 아버지와 겸상한 참게수제비
한 그릇 뚝딱 비우고 나면
시장기도 추위도 스르르 풀리고
눈꺼풀은 맷돌짝만큼 묵직해진다

햇노란 햇조팝에 참게장 참게찜 참게찌게
잠결에 아른아른 보이는 아침밥상

연천 고랑포
— 장단 참게잡이 · 5

'장단콩' '장단콩 메주' '맷돌로만 장단콩 두붓집' '장단콩 청국장집' '장단콩된장 김치찌개' 심지어 '장단콩의 날'도 있다, 그런데 장단이나 장단군은 지도에서 찾을 수 없다

장단군도 자주포도 자주포 참게잡이도 다 사라졌다

서울은 불바다, 한반도는 초토화! 전쟁을 3년 동안 치르고 국토는 두 동강이 났다 3·8선을 중심으로 남녘과 북녘에 걸쳐있던 장단군은 사그리 지워졌다 내 고향 장단군 장남면 고랑포리는 하릴없이 연천군에 부쳐지내는 신세가 되었다 연천 고랑포라니! 아무래도 내 고향 같지가 않다 장단군이 지워지면서 임금님 진상품이라던 장단참게도 사라졌다

내 고향을 제 고향처럼 드나드는
황복과 참게는 두 진객이다
보리이삭 패는 5월 황복은
여전히 임진강을 거슬러 오는데

23

벼이삭 패는 10월 참게는 논에서 사라졌다

웬일일까? 서해도 임진강도 무논도 여전한데

금강산 가는 길
— 장단 참게잡이 · 6

민통선 안마을 고랑포의 어슬녘이 오솔하다*

물풀들이 초록초록 강기슭을 포복하고
키를 넘는 갈대숲에선 물소리가 들리지 않는다
들가시 도꼬마리 칡넝쿨이 무성하다

경순왕릉을 등지고 금강산으로 향하는
마의태자가 걸어갔다는 길
할머니가 임진강 건너 금강산까지
다녀오셨다는 길

가운뎃고랑포에 아랫고랑포 윗고랑포
임진강 따라 이어달리는 길
그 어디쯤엔가 아스라히 끊긴 길

자주포 할아버지 댁으로 참게 잡으러 가던 길
노을이 설핏 얹히면 소쩍새소리 들리던
내 유년의 길을 지나

무시로 할머니 손잡고 금강산 가는 꿈을 꾼다

* 오솔하다: 사방이 무서울 만큼 고요하고 쓸쓸하다.

Q & A

육순을 넘을 때하고 칠순을 지날 때
어떻게 달랐어요?

그냥, 그랬어

20대 손녀와 50대 60대 70대 벗바리
니스에서 파리로 가는 기찻길 여섯 시간
비백飛白으로 날아가는 차창 밖
겨울의 뒷등을 보며

그냥, 그랬어

둥근달

소란스레 뚫린 가슴

하늘귀에 걸어 놓고

끼니때도 아닌데

나는 자주 배고파라

아버지의 바다
― 아버지 · 1

아버지는 고랑포 임진강변에서 나고 자라셨다 아버지
는 상선약수上善若水를 말씀하시곤 했다 물은 다스리는 것
이 아니라 기다리는 것이라고 희게 범람하는 물도 종래
낮은 곳을 찾아 떠난다고

그러나 난 잔잔한 바다를 버리고 도도한 임진강물을
거스르고 싶었다 보리 팰 때면 강물결을 거슬러 튀어 오
르는, 옆구리가 불잉걸처럼 노란, 고랑포 황복처럼

그땐 아버지의 상선약수를 이해하지 못했다

갓밝이 바다
— 아버지 · 2

발코니 문을 열자 하늘과 바다가 한 몸이다 새벽녘 바
닷바람이 싸하다

연필심 같은 등대가 홀로 불을 밝히고 있다 멀리 반물
빛 모시적삼을 다림질하는 것 같은 바다기슭에는 어린
물결들 뒤채며 일어서며 무너지며 옆줄앞줄 맞추며 숨
을 고른다 모래톱에 찰싹 솟구치다가 하얗게 부서진다
물보라가 은단銀丹처럼 구른다

나는 보았다 어둠을 비집고 비치는, 무슨 별자리 같은
빛의 속살

해돋이 바다
— 아버지 · 3

경포 앞바다 해는 아직 뜨지 않았다 십자돌섬이 발돋음하며 흔드는 조막손 같다 지상의 사람들에게 안부를 묻는 것 같다

하늘과 닿은 곳부터 오련하게 밝아오더니, 노랑 초록 하양 분홍, 갖은 빛깔이 새뜻하다 거대한 부챗살을 차르르 펼친다 바다가 수평선부터 맑게 타오르기 시작한다 아침해와 나 사이 금빛 바닷길이 열린다

문득 이 황홀과 장엄이 두려워 눈물이 났다 오색 만국기 펄럭이는 시골학교 입학식 날, 엄마 품을 처음 벗어난 아이처럼

정오의 해변
— 아버지 · 4

해가 떠오른다 황도黃道가 있다고는 할망정 무주공처 해가 가는 길이 아득하다 바람이 거세지고 물마루가 높아진다 차오르는 파도를 나는 미령미령 물러난다 그림자 하나 없다

발자국 뒤섞인 모래밭을 가로지른다 한낮 햇볕에 풍경의 윤곽들이 녹아내린다 솔숲과 나란한 데크길을 두고 돌부리 촉촉 돋은 솔숲 길을 걷는다 소나무 숲에선 송진비가 후드득 내린다 모스부호처럼 아버지의 신호음 같은 게 들리는 것 같았다 그래서요? 그래서요?

솔밭그늘처럼 짙게 스며드는 대낮의 고요

해넘이 경포호
— 아버지·5

　한낮 더위가 어느 정도 눅어진 늦은 오후 경포호수공원 산책에 나섰다 호수 둘렛길을 따라 돌다가 솔숲으로 들어섰다 소슬한 솔바람 사이로 빛의 섬들이 가만가만 흔들렸다 송뢰松籟라고 했던가 솔잎카펫에 앉아 솔잎의 서사를 듣는다 고요가 비장 속까지 스며든다

　호수 가운데 새섬[鳥島] 너머 멀리 대관령 쪽 하늘이 감빛으로 물든다 그러더니 노을 속 서녘햇귀가 홍보석처럼 빛난다 문득 아버지가 떠올랐다

땅거미 파도
— 아버지 · 6

    땅거미 내리는 해변으로 돌아왔다 개밥바라기 맞이 불꽃놀이가 해변을 밝히고 있다 어느 소년의 폭죽이 하늘을 가르며 치솟다가 눈길이 끝나는 곳에서 산화散華한다 저 아름다운 집중 백사장에 하얗게 부서져 내리는 물보라 무심히 바라본 반물빛 바다 무심히 가슴이 저려 왔다
    나는 보았다 밤바다의 보이지 않는 저 장엄경을, 밤이 되어 다시 날개짓하는 희고 거대한 새의 비상을, 모래톱을 하얗게 채우고 지우고 다시 채우는 저 근육질의 찬란한 꿈을

아버지의 밤바다
— 아버지 · 7

　썰물 지는 밤바다 모래톱을 건너는 아버지의 발소리가 해조음海潮音 같다 고호팔경皐湖八景을 돌아 임진강 고랑포 석벽 위에 서 계신다

　산타기, 어린이를 좋아하시고, 늘 주님의 음성 곁에 계시던 아버지 잠원 어린이들이 등교하기 전 새벽마다 신반포육교를 어머니와 비질하시던 아버지 그 빗자루 소리가 들리는 것 같다

　썰물 지는 밤바다에서 아버지를 보았다 당신의 일상들을 한시집漢詩集 다섯 권에 엮으신 상선약수의 한 생을 보았다

　밤바다를 홀로 건너는 시인의 길 나의 이 길이 어디에서 왔는지 알 것 같다

2부

세상에서 가장 아름다운 눈부처

반포천 왜가리

응급실에 실려 가며, 당신
한 켤레 검은 구두처럼 남겨 논 반포천
기슭을 따라 억새가 저리 다보록하다

흰 왜가리 한 마리 물낯바닥 속에
노을빛 발목을 간절히 담그고 있다

하늘, 빈 고요

굴타리먹다

인공호흡기와 석숀에 숨결을 맡겼다
소금쟁이, 소금쟁이처럼 여윈 당신

베드로가 물 위를 걷듯
집에 가자고
새물내 물의 옷
새뜻이 갈아입고

청수박 굴타리먹듯
한 생애 굴타리먹은 당신
내 눈물 더불어 집에 가자고

대벌레의 잠언
— 남편의 필사

　작은 더위, 소서小暑랬는데 기온이 섭씨 30도를 훌쩍 넘어섰다 천둥번개를 동반한 비구름이 북상 중인, 바야흐로 COVID19 변이시대 우리는 우면산 옆구리께 둘레길에 접어들었다 남부순환도로 분수다리를 건너면 대성사로 난 오솔길 초록초록 수많은 초록 틈에서 햇살이 은입사銀入絲 금입사金入絲되며 부서진다 대성사 초입을 비껴 국립국악원 뒷동산 모롱이를 막 돌아서려는 순간, 솔향 날리고 솔바람 부는 쪽이 수상하다

　　산수국 잎새, 내 손등의 핏줄보다
　　더 푸르고 도도록한, 잎맥 너머 그 너머
　　무슨 잠언을 필사하고 있는 것일까

　　뙤약볕 하늘을 머리에 이고
　　대벌레 한 마리
　　바람결 한 점 바이없이 흔들리고 있다

　　눈부시고 고요한 필사

겉날개 속날개 모두 퇴화하고 남은
눈부시고 고요한 집중

여름 가고 가을이 오면
저 뜨거운 잠언 한 말씀
점자點字처럼 읽을 수 있을까

폭우경보, 7월 10일

차라리 신음소리라도 냈으면 했다
"아니, 없어, 괜찮아" 늘 그렇듯이
당신의 목소리가 날 다독인다
나는 이 고요가 두렵다

오른발이 왼 무릎에 올려지지 않는다
오른발을 왼 무릎 위에 얹고
오른손 검지와 중지를 오른뺨에 괴고
반가사유半跏思惟로
고요에 들 것도 같은데

내 오른편 오금이 탈났다

벼락과 물보라를 뚫고 폭우경보 안전 안내문자가
스마트하게 들이치는 사이로
주치의와 수간호사 목소리가 급하다
고열에 혈중 산소포화도 수치가 떨어진댄다
텅 빈 집에서 맥없이 혼자 귀를 기울인다

창가에 동살이 잡혔다*

* 동살이 잡히다: 동이 터서 훤한 햇살이 비치기 시작하다.

잘 잦지 않은 밥처럼

소서와 대서 사이 해거름은 늦장을 부리고
차창 밖 차들의 흐름도 꽉 막혔다
앰뷸런스 사이렌이 숨넘어간다
가쁜 숨결은 더욱 가팔라지는데
손에 힘줘봐요! 당신은
고드러진 손아귀를 앙당그린다

'당신'은 잘 잦지 않은 밥처럼 자꾸만 입에 설어
손자손녀 앞에서도 여전히 '아빠'라 부르는데

해로동혈偕老同穴하자더니 그 약속 벌써 잊으셨는지
딴전에 해찰이나 하지 말고 대답 좀 하시구려
그날 새끼손가락 걸며 날 먼저 보내준다더니
젊은 그 약속을 잊으셨는지

하제! 하제! 다시 하제*!

전나무 끝 모서리 흰눈썹황금새처럼
한 치 앞이 아스라한 당신
7월 장마가 억수로 요란하다

혈중 산소포화도 수치를 올리려 인공호흡기에
수면마취를 한 당신
가족손길의 고수련이 미치지 못한다
중환자실 서늘한 침상에 삭신을 누이고
홀로 쇠잠에 빠진 반삭주야半朔晝夜
하제? 하제? 다시 하제?

국으로 숨만 쉬는 것도 힘겨워
온힘 다해 안에서 길어 올리는
들숨 날숨의 적막

고마워서 당신이 고마워서
하제! 하제! 다시 하제!

* 하제: 순수한 우리말로 '내일'.

홍수림紅樹林 반딧불이

물에 어린 홍수림 같은 삭신
약들이 듣질 않는다

중증폐렴이라고 했다
혈중 산소포화도를 올리는 일이 우선이다
인공호흡기에 수면마취 두 주째

평생 노여움을 모르는 당신
물속 깊숙이 재어둔 노여움이라도 있으련만
몸이라도 한 번 뒤채일 만도 한데
쇠잠에 빠진 지 두 주 미동이 없다

아빠 사랑해, 많이많이 사랑해
나도 사랑해, 많이많이 사랑해
자동응답기처럼 메아리처럼 되뇌던 당신

눈까풀과 입술이 파르르 움직이는 것 같다
반 삭 만에 보내는 당신의 전언
—세상 잡은 손을 놓지 않았다고

홍수림 어딘가 반딧불이가 날아오른다

어슴새벽 새날이 진수進水하는 기적

왕은점표범나비의 여름잠

오뉴월은 오뉴월 왕은점표범나비처럼 활기찼다

어린이대공원 언덕길을 휠체어를 타고
모롱이모롱이 돌아 오르기도 하고
공작새며 코끼리 우리를 찾아 나서기도 했다
7월 들어 갈마드는 폭염에 폭우에
폐렴까지 도지더니
당신은 왕은점표범나비처럼 여름잠에 들었다

귀는 자면서도 더러 깨어 듣는다

매주 20분 만나는 목요일
한 주의 기다림을 시 한편에 담아 읽기도 하고
주님이 늘 곁에 계시다고
혼자가 아니라고
사도신경과 주기도문을 드렸다

8월 3일 첫 목요일
떨리는 발걸음으로 병상에 다가갔다

인공호흡기도 수면마취도 없이 적막한 숨결
석 주 만에 물끄러미
나를 바라보는 당신의 눈빛!

빛살처럼 날아오르는 왕은점표범나비

버마재비, 비백飛白으로 날다

한란, 박쥐란, 파피오페딜룸
난蘭 몇 포기가 새들새들하다

욕실로 데려가 샤워해주고
두어 시간 물에 담가두었다가
글썽이는 그것들을
제자리에 놓으려는데

망사창에 날아와 앉은 버마재비

칠석날 해뜰참 햇귀가 좌악
구름 사이로 부챗살을 펼칠 무렵

날개를 접은 버마재비가 나를 바라본다

앙당그레 버티는 당신
나를 달래는 듯
기도하는 것처럼 보이다가
춤추는 것처럼 보이다가, 문득

비백으로 날아가 버렸다

내일은 더위가 물러간다는 처서處暑
가을이다, 살아야겠다

세상에서 가장 아름다운 눈부처

37년생 소띠
그이는 소처럼 커다랗고 선한 눈을 가졌다

수면마취 두 주, 깨어나 적응하는 한 주
전나무 모서리 끝 위태위태한 흰눈썹황금새 같았다
그 크고 선한 눈을 볼 수 없었다

목소리를 잃은 그이
내가 기도를 시작하면 눈을 감고 끝나면 눈을 뜬다
그도 꾸준히 기도드리고 있다는 걸 알게 되었다
고개를 끄덕이고 도리도리 의사표시를 하기도 한다

집으로 돌아오는 길에
아들며느리가 파스타 집으로 안내했다
오랜만에 맡아보는 치즈의 풍미라니
샐러드 파스타 리조또를 감싸는 치즈향
이태리에서 매주 공수해온다고 했다

다따가 아들에게 맥주 한 잔 청했다

그이가 입원하고는 술을 입에 대지 않겠다고
서로 조주위악助酒僞惡*하던 일을 반성 중이긴 하지만

도담도담 자라는 아기를 보는 것처럼 경이로웠다

세상에서 가장 아름다운 눈부처가
맥주잔 속에서 떠오르고 있었다

---

* 은나라 때 폭군 걸桀을 부추겨 포악을 더하게 했다는 고사성어 조걸위악助
  桀僞惡에서 '걸'을 '주酒'로 바꾸어 만든 조어.

면회

코로나 팬데믹도 어언 삼 년을 넘겼다.
세상은 이제 위드코로나 시대로 접어들었는데
당신은 여전히 거리두기 대상이다

간호사실에 사인하러 가는 길
작은 키를 더 낮추니 무사통과다
3주 만에 당신과 눈맞춤 살맞춤
싱거운 몇 마디 안부
그리고 안경알에 김처럼 서리는
주기도문과 사도신경

돌아오는 길
늑골 속 돌덩이에 볕뉘 밝다

고추냉이

물에서 자라는 고추냉이
물은 서늘한 지하수라면 좋다
독을 품어 다른 푸성귀들을
이웃 두는 건 엄두도 못 낸다

자기 독에 중독이 된단다
흐르는 물에 몸을 담그지 않으면

면회도 고단한 중환자실에서 석 달
그 흔한 고추냉이도 아닌데
내성균증은 선전포고도 없이
당신 육체의 캄캄한 지도를 침략하고 있다

하뿔싸, 이 가을

당신은 아무 말도 하지 않는데
구절초 마디마디 하얗게 지네

올목, 그 섬에 가고 싶다

새벽잠에서 깨어 방갈로를 나가면
태평양이 축대를 타고
계단 위턱까지 차올라 남실댄다
성경필사로 등피를 밝히는 당신을 불렀다
영화 〈모정慕情〉의
윌리엄 홀덴과 제니퍼 존슨처럼
이냥 파도 속으로 뛰어들었다
새벽꿈을 밝히며
당신과 헤엄치던 작년 이즈음

필리핀 세부로부터 뱃길 두어 시간
올목섬 해안가의 산책길
아열대의 파초와 구아바 같은 방풍나무 뒤
새끼양을 안아주는 나를 물끄러미
바라보는 어미양의 평화
능소화 꽃빛 노을 속에
느닷없이 채찍처럼 갈라지는 우렛소리
스콜을 맞으며 우리는 달음질쳤다
당신과 손잡고 달리던 작년 이즈음

이제 그만 중환자실에서 나와
올목섬에서 한달살이 하면 당신의 뇌경색도
사붓이 풀릴 것만도 같은데

이사 세 번

용두동 한옥마을에서 경동시장까지
거리는 두어 블록 정도였다
내가 신접살림을 차린 한옥
나는 반물치마 모시저고리를 두른 듯
몸과 마음이 사뿐사뿐
한옥 따라 나도 새삼 고풍스러워졌겠다

경동시장엔 참나물 곰취 방풍나물 곤드레
제철나물들이 산더미 같았다
파들파들 헤엄치는 것 같은 산나물거리
산향기 알싸할 즈음 헐가로 방매하지 싶다
바리바리 등짐에 두 손도 모자랄 지경이었다
어쩐지 그게 쑥스러운 남편을 어르고 달랬다

당산동 강마을아파트에서 영등포시장까지
거리도 두어 정류장 가량이었다
매일 공장기숙사 식재료를 장만하다보니
남편은 새벽장보기에 이골이 붙었다
주말에 누워있기가 미안해서 따라나설라치면

남편은 손사래 치며 말리기 일쑤였다
동병상련 근묵자흑
시장사람들이 자기를 따라지 장사치로 믿어
한 냥 한 푼어치 알아서 인심 쓰는데
내가 나서면 온전히 들통난다는 거였다

반포로 이사 오자 중학교까지 평준화되었다
두 아들 친구들은 집 가까이에 살았다
떼 지어 놀러올 땐 집에 누가 계시느냐 먼저 물었다
엄마는 기껏 짜장면 한 그릇 시켜주는데
아빠는 손수 요리 한상을 뻐근히 차려준다
우리 집은 엄마와 아빠의 역할이 바뀌고
남편이 시나브로 부엌까지 접수해버렸다

세 번 이사하고 나니 올해가 어언 결혼 55주년

어찌 당신은 평생살림을 내려놓은 채
서름한 병실에서 열 달째 홀로
야윈 삭신만 지키고 있는지

뚱딴지

가지가 뿌리를 지탱하는 것이 아니라
뿌리가 그 가지를 지탱하는 것을 알라
ㅡ로마서 11:18

우듬지마다 소보록이 핀 꽃들
햇볕 속에서 저리 환하다

돌배기 주먹만 한 흰 알뿌리가
검은 흙속에서 조랑조랑하다
맛도 그다지 없고
껍질 벗기기도 만만찮은
못난이 돼지감자

하뿔싸, 당신이었구나

묵묵히 견뎌내는 뚱딴지
식구들을 햇볕 환히 피우고
선한 눈빛을 머금은 채
말없이 기다리기만 하는

오우가五友歌 산책길※

　돌계단에도 나무계단에도 벗나무 길에도 솔잎카펫 길에도 느닷없이 설해목雪害木 쓰러지는 오솔길에도 머리채를 땅에 드리운 대나무터널에도 가지런히 쌓아올린 통나무더미에도 돌무더기에도 뿌리째 뽑힌 등걸에도 둥치의 옹이에도 군티에도 우듬지 까치집에도 연못가 팔각정에도 양지귀 따라 퍼져나간 맥문동에도 황매화 찔레나무 진달래 아리잠직한 조팝나무에도 졸참나무 갈참나무 아름드리 떡갈나무에도 칠손이 마로니에도

　서초경찰서 뒤편 서리풀공원 둘레길
　저녁마다 걷던 호젓한 오우가 산책길
　여기저기 젖은 눈에 막힌 숲속 오솔길

　샛바람이 부는 볕바른 한낮에도 스산하다

　당신은 여전히 비접 중

※ 오우가 산책길: 고산 윤선도의 시조 〈오우가五友歌〉에 등장하는 수석송죽월水石松竹月 다섯 벗을 모두 갖춘, 서초경찰서 뒤편 서리풀공원 둘레길에 우리가 임의로 붙인 이름.

보·고·싶·어

일반병동은 면회금지였다
그러시다면 다른 수법을 궁리할 수밖에

투명인간, 그림자놀이, 변검술
차라리 변신술 수업을 받아봐?
호그와트 마법학교의 변신술
저 부여국 해모수의 변신술

코비드19도 요량 못할 변신이라면
올림포스 산정 제우스의 황금비
요리조리 궁리하다가

차라리 싯줄은 어떨까?

기도하듯 잡담하듯
귓바퀴 간질이며 속삭일까나

전화기 너머 바람소린 듯, 빗소린 듯 들리네
당신의 가파른 숨결 당신의 가파른 자모음

박희정 간병사의 실황중계

눈을 크게 뜬 채 듣고 계시네요
입술이 옴질옴질 움직이시네요

보 · 고 · 싶 · 어

바닥짐

무릎 성할 날이 없었다
잔돌부리에도 곧잘 넘어지곤 했다
귀도 눈도 없는 돌부리들이
어린 내가 지나갈 길목을
귀신같이 알아차렸다
때찌! 때찌! 하며 큰 소리로 울면
그나마 덜 아팠다

설핏 햇살이 퍼지기 시작했다
병실의 당신을 만나려 서두르다보면
늑골에 박혀있는 돌덩이가 미리 긴장했다
입안이 마르고 발걸음이 허청댔다

햇살이 평화로운 당신 얼굴

치마폭을 펼쳐 늑골의 돌덩이를 부려놓았다

병실문을 나서려는데
간병사 선생님의 작은 속삭임

아침저녁 전화로 함께 드리는 기도 덕분인가 봐요
늘 환하게 평안하서요

할렐루야, 아멘! 아멘!

하얀 길

김포는 안개다발지역, 밤사이 노면이 얼어붙었다
아무리 말려도 봄 여름 가을 겨울
당신은 새벽 네 시면 출근을 서둘렀다

오늘은 찬물에 식은밥 말아 뜨고
이른 아침 진천 시거리 성묘가는 한식날이다
선산 산비알이 푸석푸석 풀리고
해토머리 오솔길은 누긋한 봄 냄새를 뱉어낸다
아이들은 서로 잡아채고 구르며 선봉장 토다먹기
오랜만에 골짜기마을이 시끌벅적하겠다

당신은 병상시트에 희게 누워
주사액자국 푸릇푸릇한 야윈 팔뚝을 바라본다
뱀 잡으러 다니던 고향산천과
고향 사람과 울력하여 십오륙 기 성묘하던 일과
아버님 산소 앞에서 추도예배 드리던 일과
동리 어르신들 문안 다니던 일들을 생각한다

벚꽃사태 달빛 흐벅진 하얀 길
문득 내 가슴이 뜨겁다

얼레달*빛

아훔지간** 당신은 심정지 상태다 시간이 멎은 것 같다 응급 심폐소생술 끝에 들리는 숨비기소리 당신의 눈동자가 여름밤처럼 어둡다

현충일 밤 9시 은총의 빛살 한줄기

사흘 낮과 밤을 지나고
밖엔 청하淸夏의 햇살이 눈부시다
손녀딸을 바라보는 당신의 눈동자 속에
그렁그렁 비치는 얼레달빛 그늘

"노인과 여자는 원하는 대로"
상남자 노릇에 평생 하지 못한 말들
당신 근막에 저렇게 쌓였다

이제 그만 풀어내요
굳어버린 근육

* 얼레달: 음력 10일경 모지라진 조각달.
** 아훔: 불교 밀교에서 모든 법의 처음과 끝을 비유적으로 이르는 말.
　아훔지간: 들숨과 날숨 사이, 아하고 숨을 마시고 훔 내쉬지 못하면 생과 사가 갈리게 되는 경계의 순간을 이르는 말.

몸알의 아우라

당신이 비운 집안이 고요하다
따로 또 같이하던 일들을 생각한다
두 팔 두 다리를 늘어트린 채
시나브로 7, 8개월이 흘러갔다

내 팔다리의 근육이 호박풀떼기처럼 풀어졌다
허벅지와 종아리 근육이 밀물처럼 빠져나갔다
근육이 엉덩이를 움키고 감싸주질 못한다
고관절이 제 자리를 지키지 못하니
좌우 고관절이 씨름하듯 서로를 매친다
어제는 왼궁둥이 오늘은 오른궁둥이 배지기
오장육부까지 은결든 것 같다

멋대로 뒤바뀌는 좌우 엉덩이 높이 때문에
시난고난 반년째 절뚝거리고 있다
근육을 만들려고 힘을 쓰다보니
이제는 손끝에서 기가 느껴진다
조금 더 시간이 지나가면
발끝의 기도 보이게 된단다

하나를 잃으니 다른 하나를 얻었다고나 할까

눈감고 고요에 들면
몸알에서 흐르는 빛을
몸알의 아우라를 보게 될 것 같다

내 몸알의 기운생동氣韻生動

3부

고호皐湖 하늘나리

하늘북, 난타

갓밝이

귀퉁이마다 차오르는 하늘

북채 같은 흰 새 한 마리

없는데

노을 엷게

물수제비뜨는

하늘북, 난타

고호皐湖* 하늘나리

고호의 나리는 하늘나리

임진강변 호로고루**에 이르는 벌판
함부로 우거진 삼[麻]과 키재기하는 하늘나리

내 고향 고호는 민통선 안마을

대궁을 타오르는 잎새들
'우리의 소원은 통일'
휘몰이로 어둠을 벤다

가르마 같은 군사분계선

우듬지 꽃봉오리마다 불잉걸
고호하늘에 소지 올린다

---

* 고호皐湖: 옛 시인 묵객들이 부르던 내 고향 고랑포의 별칭.
** 호로고루胡虜古壘: 고랑포구에서 동쪽 2km 거리에 위치한 임진강유역의
  옛 보루. 최초기록은 『동국여지』에 명시되어 있다. 『삼국사기』에 고구려와
  신라, 신라와 당 사이에 치열한 전쟁이 이곳에서 전개되었다는 기록이 자
  주 등장한다.

뜬 섬
— 무섬마을 · 1

물 위에 뜬 섬
수돌이[水島里] 무섬마을
혼자서 떠올랐다

낮은 곳에서 더 낮은 곳으로
내성천 물길 따라 모래강이
갈서서 흐른다
길에 길이 감기고
풀리고 흐르다가
영주에 무섬마을을 띄웠다

안개에 가린 섬
옛 선비들 글 읽는 소리

돌아갈 길 없는 부평초는
뜬 섬이 궁금하다

외나무다리
— 무섬마을 · 2

내성천 모래강 외나무다리를 아시나요
마주 오는 사람을 만나면
한 사람은 앉고 한 사람은 등을 돌아 건너는
영주 무섬마을 외나무다리를 아시나요

아슬아슬 두 팔 벌리고 건너는
무섬마을 외나무다리
가마 타고 시집온 새아기씨 같은
그 마음을 아시나요

고향보다 꿈보다 더 먼
탯줄처럼 이어지는
노을이 타는 강
번개 치는 모래강
외나무다리의 쓸쓸한
아름다움을 아시나요

한 살이 물처럼
바람처럼 여의는
무섬마을 외나무다리를 아시나요

모래강
— 무섬마을 · 3

소백산이 흘러간다
모래강이 흘러간다
내성천 물길 따라 오뉘 같다
산은 내를 건너지 못하고
내는 산을 넘지 못하고

봉화 선달산에서 태胎를 연 내성천
영주에서 선천을 비껴
무섬마을로 흐른다
진양조 자진모리 휘모리

어름사니서껀 달집태우기서껀
선비들 글 읽는 소리
연꽃처럼 호젓한 섬
무섬마을을 지나

예천 회룡포에서 몸을 바꾸고
문경 달지니에서 그 강 슬하에 눕는다
하동 하회마을을 감싸고

춤추는 시詩
— 〈1월 31일〉, A. Calder*

맑고 투명하다

경계에서 빈 옷걸이처럼
건들거리는 저 바다

* 그는 "용도도 의미도 없이 다만 아름다움뿐, 모빌은 삶의 기쁨과 경이 속
에 춤추는 한 편의 시"라고 진술한 적이 있다.

트로니*
— 큰바위얼굴

주걱사슴 눈망울만 한 눈발이 쏟아지면서
느닷없이 하늘이 수런거리고 있었다
산주름 너머 천지가 그리자일**

비행운처럼 몸뚱이가 떠있다
천지간의 절벽
한 발짝 앞을 가늠하기 어렵다

얼어붙은 지평선을 뚫고
산봉우리 오롯이 솟아오른다
큰바위얼굴의 황홀한 트로니

* 트로니: 상상력이 그려낸 초상화.
** 그리자일: 화강암 톤으로만 그려진 잿빛 단색화.

연필화가 이상일

― 라드라비L'art de la Vie

눈 감지 마라

벼락 맞아 까마득히 무너져 내린다 한들
하늘 뿌리째 무너져 내린다 한들

대낮처럼 밝은 칼의 전언傳言
살풀이 한 사위 청매화 매운 향기

구름을 이고 가는 차마고도茶馬古道
연필심의 캄캄한 오체투지五體投地

자장가

몽 바홍Mont Baron 뒷산으로 저녁 해가 이운다 들마*에
상가불빛들이 하나둘 저문다 니스해변은 모래톱 대신
잔돌 천지다 몽동발이조약돌, 감또개만 한 몽돌, 콩알만
한 콩돌 들이 초등학교 애국조회처럼 가지런하다 물속
엔 콩돌 몽돌 조약돌 들이 역순으로 열중 쉬엇, 차렷, 앞
으로 나란히! 구령에 맞춰 달강달강 열을 맞추고 있다

달강달강 우리 아가

달강달강 잘도 잔다

고향의 반딧불이 하나가

어둠에 길을 낸다

저기 울 엄마가 있다

* 들마: 가게 문을 닫을 무렵.

망통Menton*해변에서

망통의 노을빛이 참나무 불잉걸 같다

애인들의 긴 입맞춤도 노을 속으로 잦아든다
2월 레몬축제도 거먕빛 바다로 저무는데
조각색종이 절로 바닷바람을 타고 분분설

산기슭에 떠오르는 달빛을 받으며
콩돌 몽돌 조약돌 들이 몸을 뒤척인다
내 어릴 적 잠투정 같은

자박자박 찰찰 자그락자그락 차르르
다글다글 돌돌 자분자분 속살속살

* 망통Menton: 프랑스 프로방스 코트다쥐르에 위치한 이태리 국경에 가까
  운 항구도시. 2월 레몬 축제로 유명하다.

신안 섬티아고

천사의 땅, 일천사 개의 섬
신안 섬티아고 순례자의 길
압해도押海島, 바다를 누르는 섬이라니
갯벌이 검고 길게 숨죽이고 있다

하늬하늬 노을 따라 길을 밝히는 해
호로비츠가 치는 〈어린이의 정경〉을 타고
자은도慈恩島 산마루가 성냥불처럼 켜진다

성경 속 홍해처럼 바다를 가르는 노둣길
진섬 대기점도 소기점도 딴섬 소악도
순례자의 길 12km
12사도교회가 백합꽃처럼 환하다
붉게 순교한 맨드라미꽃밭

허물어진 지붕 위 노랑 하늘수박 몇 덩이
폐가담장을 난간 삼은 대나무숲 사이로

높은음자리표처럼 눈부시게 떠오르는 바다

풀등

썰물이 빠지니 하늘에 닿을 것 같다
낮달이 앞바다에 떨어트린 알 하나
날개를 펼친다
한번 솟구치면 수천 리라는 데
붕새가 수평선 너머 아득하다

풀잎에 매달린 새벽이슬 같은 사람아

고슴도치의 몽유
— 박윤우 시인의 〈발목〉에 부쳐

날밤을 말짱 새우다가
자기 발목을 꾹꾹 누른다
없는 사람 휴대폰에 발목 잡힌 사내

천지간에 숲속은 절벽
내비는 잡히지 않고
바람이 말을 갈아탄다

먼동이 희붐하다
펜끝으로 먼동을 받아 적는다
향방을 알 리 없다
지평선을 건너는 고슴도치

숨을 개부심하는 소리

여전히 몽유중인 저 사내
월형削刑에 처한 발꿈치

산중 벗바리*

　젊음을 앓은 적이 있다 언제나 혼자인 것 같았다 온몸이 통점이었던 때 담벼락이 조붓조붓 조여드는 성싶었다 비접하듯 가리산지리산** 산에 올랐다 계곡에 들면 비로소 마음이 고요해졌다

　산꽃과 눈썹을 맞추며 산을 탔다 가시덤불을 넘으면 토끼비릿길***이 나타나기기도 했다 길을 잃고 도계道界를 넘다가 금강초롱을 만난 적이 있다

　어슴새벽 숫눈밭에 꽃처럼 찍힌 산짐승 발자국 해넘이 숲속에 피어오르는 비취빛 산이내**** 그 황홀 속에서 산중 벗바리들을 만나는 기적

* 벗바리: 곁에서 도와주는 사람.
** 가리산지리산: 갈팡질팡.
*** 토끼비릿길: 가파른 벼랑 위 토끼나 다닐 정도로 좁은 길 (비리–벼랑의 사투리).
**** 이내[嵐氣]: 해질 무렵 멀리 일렁이는 푸른 기운.

은티마을 호호야好好爺*

먼동 틀 마련해 백두대간에 올라서다
괴산 주진리 은티마을 들머리가 아득하다
물안개가 골싹골싹 차올랐다
골안골 산벽과 암봉들이
한려수도閑麗水道 외돌기 섬처럼 떠올랐다

장맛비를 머금은 된비알 너머
칼날능선에 먼동이 오련하다
다따가 안골마을이 품에 안겼다

호호야好好爺는 진즉 기다리고 있었다고 했다
젖은 산객들 앞에 따스운 물 한 대접

날리는 흰 머리카락과 주름살 너머

광야를 비추는 햇살처럼
모세의 가시떨기 불꽃처럼

* 호호야: 마음씨 좋은 늙은이.

86

덤벙문소병 紋小瓶 *

갓밝이 날빛이 유리창에 차다
서래마을 깨우는 새소리

선잠 속에 보리밭이 물결친다
시냇물 너머 골짜기에서
반딧불이들이 유성우처럼 빗금을 긋고 있다

부지깽이를 거꾸로 꽂아도
싹이 튼다는 망종
명치끝이 따스해진다

사방탁자에 앉힌 덤벙문소병에
아침놀빛이 스며들고 있다

* 덤벙문소병: 잘 다듬지 않은 도자기를 흙물에 덤벙 담가내고 유약을 발라
  구워낸 문양이 있는 작은 항아리.

사마리아 수가성城 여인의 물동이

한낮 햇살이 살을 파고드는 수가성 오르막
어떤 몸뚱이가 길을 오르고 있다
씨에스타에 든 마을을 빠져나왔다
그들의 손가락질에 눈이 멀고 귀가 먹었다
스스로 위리안치圍離安置에 든 여인
지은 죄 많아 물동이를 문지르며
물동이만 한 마음으로 두근두근 걷는다

한 사내가 기다리고 있다
야곱의 우물에 기댄 등줄기가
자꾸만 흘러내리는 빈손이
물 한 모금을 기다린다

"내가 주는 물을 마시는 자는
영원히 목마르지 아니 하리니
내가 주는 물은 그 속에서 영생하도록
솟아나는 샘물이 되리라
가서 네 남편을 불러 오라"
남편 다섯을 거쳐 거품사내살이 하는 여인

지나간 한 살이가 비백飛白과 같다

"그런 물을 내게 주사 목마르지도 않고
또 여기 물 길으러 오지도 않게 하옵소서
주여 내가 보니 선지자로소이다"
물동이를 내려놓고 마을로 달음박질친다

사내는 십자가에 매달리고
스데반은 돌팔매를 맞고
빌립은 사마리아교회를 세웠다

"와서 보라 이는 그리스도가 아니냐"
여인의 목소리가 사마리아 너머
땅끝까지 메아리친다

한 뼘씩 그림자를 지우는 정오
와디 근처
사막여우 한 마리가 유성처럼 저문다

어떤 비망록
— 홍사덕 2주기에 부침

한낱 어육魚肉이 되었던 겨레의 얼을 보듬고
한낱 식은 재가 되었던 모국의 산천을 보듬고
가난과 신산의 길을 헤치고
아프게 심장에 새긴 시대적 사명
민주화와 근대화, 그리고 하나 된 조국!
그 꿈을 이루기 위해
나라의 순하고 용감한 젊음들이 모였습니다
꿈을 뜨겁게 펼쳐가는 사람들이 모였습니다
나의 벗 홍사덕
그대는 언제나 그들의
전위이면서 구심점을 자임했습니다

조국은 세계 경제규모 10위권에 진입했습니다
조국은 세계문화의 견인차가 되었습니다

하지만 갈등과 부패, 남북분단의 문제는 여전하고
그대가 꿈꾸는 21세기 존경받는 세계5위 선진국
고지가 바로 눈앞에 다가온 이즈음에
COVID19가 남겨 논 좌절과 갈등에

COVID19가 앞당길 문명사적 전환기에
그대 선각의 혜안과 선도의 열정을 생각합니다

오늘 그대가 우리 곁을 떠난 지 2주기
그대와 함께한 지난날들을 기리고
그대가 사랑하는 조국을 위해
새로이 제안할 장을 가늠하고 가슴에 새겨두려
여기, 이렇게, 다시, 그대 앞에 모였습니다

펜 대신 육체를 벼리어 쓴
사람과 세계에 대한 비망록
또는 한국 정치사의 고단하고 외로운 노마드

친구야, 틈틈이 생각 많이 할게

오크 스툴

엉덩이 두 짝을 얹을만한 스툴
서래마을 소품가구점 앞을 지날 때마다
조춤조춤 흘끔거렸다

곡선과 직선의 6면체를 따라
철썩 쏴아 물소리 가슴으로 들으며
나이테의 숲을 눈으로 쓰다듬으며
그 숲그늘 속으로 들어선다

그러니까 저 오크 스툴에 앉으면
파도소리 들리는 오크트리 그늘이겠구나

묻기도 전에 소목장 주인이 귀띔을 한다
반값이라고, 진열품이고, 크랙이 있다고

여기요?
아, 네, 그건 스크래치네요

이런 진짜 사람이 있다니!

오크 스툴 하나에
온 집안이 서늘하게 환하다

흔들린다

소슬바람 한 점 스치지 않는
볕뉘 한 뼘 들지 않는

우주의 한 귀퉁이에서

나 춥게 흔들리며 건네
경첩 떨어진 폐가의 지게문처럼

칡꽃향기

국립중앙도서관 도린곁 된비알
칡넝쿨이 다문다문 띠를 두른다
풀벌레 소리 초록초록 붐비는 오후
칡꽃끼리 모여
꽃보라 후림불을 놓는다
젊은 날 상그러운 맥놀이

비문증

누군가 점과 선과 원을 누설하고 있다

누에다리

꽃다운 기운 서리서리 서래마을
비단길을 꿈꾸었다
하늘이 내린 천충天蟲 누에를 치며
범 내려왔다는 마뉫골[마뉘꼴] 고갯마루
산의 살을 떠났다

우면산터널을 지나 잠수대교로
반포대로가 달린다

잠원蠶園 서래마을 천충 누에벌레
해마다 계절마다 허물을 벗은
와불臥佛 같은 누에다리
반포대로 위에 눕다

다람쥐 까투리 오색딱따구리 더불어
아이 어른 할 것 없이
서리풀공원 몽마르트공원을 오가는
비단길 누에다리는 날마다 성탄절이다
오색꽃불 아름다운 실화失火

하늘엔 영광 땅엔 축복

4부

봄에 봄을 앓다

분청달항아리

휘영청

기슭 따라 차오르는 고요

하늘을 고요로 적신다

그대 근처에서

스스로 그러하다

내 이름은

고스란히 밝[熙]고 맑[淑]은
빛조차 품지 못하는
그냥 비어있는

비눗방울보다 이슬보다 가벼운

바람 불면 부는 대로
휘어지다가
아무 일 없었던 듯이
밝고 맑은

텅 비어있으니 물샐틈이 없다
해원海原을 떠돌다가
스스로 제자리에 돌아온다

빈 만큼 외로운

위리안치 圍籬安置

월인천강月印千江 월인천강月印千江
치자향 달빛 내음
가을꽃 줍듯 줍자고
하냥 마음은 붐비는데

다따가
원고지 행간 속에 위리안치되다

내 뒷모습이 궁금하다

날마다 갈마드는 나
그런 내가 낯설다

어떤 날은 고독이 정겹고
어떤 날은 허무가 서늘하고
또 어떤 날은 스스로
작은 찻잔처럼 고즈넉하다

가망 없는 하루를 그저
책갈피 넘기듯 배웅할 뿐이다

골목길을 걷다가 저만치
막다른 길이 보이면 그냥
우두커니 바람에 흔들린다

때론 뜨고 지는 노을에 발맞추려다
고팽이처럼 제자리를 뱅뱅 돌다가
마음부리에 걸려 넘어진다

그런 내 뒷모습이 궁금하다

정동진 심곡항 바다부채길

누군가 키질을 하나보다
사금沙金 가루 나릿나릿
수평선 위에 붓고 있다
하늘 버힐 듯 까치발돋움
고원을 들어올리며
해안을 달리는
부챗살 직벽

바위등 둥근바위솔
훌쩍 뛰어내리고 싶은 해국海菊
깨끔발 키재기 구름국화
왜왜 몰아치는 바람에
욜랑욜랑 망개열매
모다기모다기 피어오르는 별무리

중머리 진양조로
귀를 부셔내는 파도소리
한발 또 한발
바다 위를 걸어가는 데크길

바다부채길

탕진

느닷없이 눈발이 쏟아진다
검단산 가파른 오르막길

하늘기슭이 수런수런 억새풀처럼 쓰러지더니
저 건너 예봉산과 운길산이 운해에 잠긴다

산모롱이 돌아설 무렵 정자 하나가
갈필의 붓자국처럼 번진다

멀리 두물머리가 한 마지기 이내[嵐]처럼 떠오른다

천지간에 벽력霹靂 같은
순백의 고요

문득 나를 탕진하고 싶다

이런, 발칙한

눈꼽보다 쬐끄만 게 새롱거린다
네거티브로 인화된 내 간장의 MRI 사진
빗살무늬 친 노을구름 같다

아니, 왜 이리 지저분하죠?
의사가 사뭇 도발적으로 물었다

두 주님을 섬기느라……
남편과 공통점이라곤 그뿐이라……
나는 우물쭈물 대꾸했다

세상에 공통점 있는 부부도 있나요
의사는 코믹하게 섬업, 그리고 섬다운
앞으로 한 주에 두 번 이상 반주飯酒하면
그땐 금주령입니다
의사의 기세가 단호하다

갈래갈래 노을구름길 사이사이
쇠별꽃들이 흩어져 있다

비우라는 주土님 말씀엔 귀가 먹고
채우라는 주酒님 말씀엔 눈이 번쩍!

그래도 두 주님 바지런히 섬기며
연밥이나 먹이며*
이 풍진 세상 잘도 건너왔다

* 살살 구슬리고 꼬드기며.

봄에 봄을 앓다

서래마을은 관악산을 마주 본다

간밤에 밤안개를 한포국했나*보다
우수아침의 꿈꾸는 관악산

호암산 장군봉 삼성산 팔봉능선 연주대
갓밝이 햇귀에 파르르 능선이 물결치더니
시나브로 몸피가 드러난다

겨우내 버선골을 치던 산마루
소택지엔 유빙遊氷이 흐른다
계곡엔 갈매빛 산류山流
작은 폭포들이 부서진다

오려낸 듯 아침구름 위로
통 통 통 버들강아지들 물낯을 비질하는 소리
히어리 한 그루가 그걸 지켜본다
노란 군종群鐘의 군무

봄을 타는 몸이 쇠나든다

촛불바위가 심지를 돋우고
무너밑고개는 목이 부어오른다

학바위능선 앞에서 나는 자주 신열이 든다

* 한포국하다: 흐뭇하게 가지다.
*** 쇠나다: 덧나다.

유두주流頭酒에 꽃일다*

더위나 팔아볼까

동쪽으로 흐르는 맑은 물에
창포로 머리 감는 일은 글렀고
복쌈이나 먹는다

갓 속은 꽃상추 한 주먹에 쑥갓도 한 움큼
쌈밥은 살풋 마른새우실파무침은 안다미로
음유월 유두날 세 동서가 모여
흰자위 부릅뜨며 복쌈을 나눈다

탁발승도 액운도 삼복더위도
달아나고 찬 술잔에 꽃일어
한해가 저물도록 동티날 일은 없겠다

* 발효과정(화학작용)에서 순화된 현상이 나타나 보이다.

오로라가 는실난실

가다보면 그치겠지

빗줄기는 세차고 산봉은 멀다
온종일 비를 맞으며 산길을 걷는다

쪽동백이 은초롱 불을 밝히는데
물안개 피어올라 분간이 어렵다
빗길 16,000보

구성마을 뒷산 법화산 흙묏길
늦은 나이에 새 아파트로 이사한 친구부부
산길을 걸으면 이마가 맑아진다는데
집들이 산행하는 날 온종일 비가 내렸다

구비구비 물웅덩이마다
송홧가루 마블링이 아롱진다
는실난실 오로라 하늘에 서기瑞氣가 돈다

친구야 돼지꿈 꾸시게나

비익조比翼鳥
— 연리목 · 1

도린천 물을 보면 등골이 서늘하다
관악 기슭이 온통 얼음눈이다
푸르고 견고한 깊이
나는 무서웠다

호수공원 가로지르는 폭포정 계곡 산비알
소나무와 졸참나무가 부둥켜안고 있었다
적막과 적막이 만나는 찬란한 벽력!

달빛 같은 비익조 한 쌍

달빛 맥놀이
— 연리목 · 2

나는 네 안에 너는 내 안에
달빛에 부풀어 오르는 산마루
구름을 뚫고 솟아나는 벼랑
눈 감지 마라

너와 나 부둥켜안은 채
벼락 맞아 찬 재가 된다 해도
눈 감지 마라

짐승처럼 황홀한
달빛 맥놀이

곁
— 연리목 · 3

처음부터 곁이었다
땅속 희고 여린 뿌리
곁과 곁

곁이 되어 곁을 내주는
곁이 곁을 보듬어 안은
깊고 투명한 그림자

한 발짝 비켜서서 동경銅鏡이 되는
내가 너에게 네가 나에게
곁이 곁에게 비춰주는
초록 하늘

바람도 없는데
서녘 하늘의
비천飛天 한 쌍

해식애海蝕崖 그리움
— 연리목 · 4

우듬지에 걸린 하늘이 연못 같다

어깨를 맞대고 허리를 껴안은
졸참나무와 소나무의 수런거림
곁을 내주고 곁에 있어도
물보라 속 채석강 해식애처럼
차곡차곡 쌓이는 그리움

우듬지에 걸린 하늘 맴놀이

큰개불알꽃
— COVID19 · 1

유기질도 광물질도 아니라는 바이러스의 군단, 코비드
19는 한두 주 매복하며 관망했다 그러다 무차별 전선을
펼치며 피칠갑한 잇바디를 드러냈다 세계를 제국의 식
민지로 삼는 데 두어 달밖에 걸리지 않았다 하늘과 바다
와 땅, 길이란 길은 모두 셧다운 바야흐로 팍스코로나

마을로 접어드는 길섶 흰 잔설을
뚫고 올라오는
너무 커서 슬픈 큰개불알꽃

마로니에꽃 스코필드 박사님께
― COVID19 · 2

　마로니에할아버지, 문리대 캠퍼스에 마로니에꽃이 한창이던 1961년 5월 교수사택에서 처음 뵈었습니다 스승의 날, 고교 은사이셨던 황적륜 교수님은 새내기인 저를 당신께 소개해주셨지요 포도송이만 한 마로니에꽃이 하늘을 희게 가리던 것도, 외국인 노교수가 "나는 석호필石虎弼입니다" 우리말로 인사하신 것도 마냥 신기했어요

　할아버지는 일제가 저지른 수촌리와 제암리 학살사건을 세계에 고발하시고, 손수 찍으신 3·1 만세운동의 현장사진도 외국 언론에 공개하셨지요 3·1만세운동을 주도했던 33인에 더한 외국인 독립운동가로서 할아버지는 자천타천 34인이셨죠 호랑이처럼 추상같은 분일 거라 여겼는데, 마냥 포근한 친할아버지 같은 분이셨습니다 단박에 마로니에꽃이 하늘을 밝히듯 제 마음도 환하게 밝아졌지요 그 후론 까닭없이 속 시끄러우면 할아버지를 찾아뵙곤 했습니다

　마로니에할아버지, 사회적 거리두기와 생활 속 거리두기로 모두 우울한 지금, 할아버지 생각이 간절합니다 1919년 스페인독감이 우리나라 인구 절반을 덮쳤다지요 그때 할아버지는 세브란스의대 세균학과 위생학 교수셨

죠 할아버지께서 시베리아를 거쳐 온 팬데믹의 경로를 밝히고 병인病因을 세균보다 더 작은 무엇이라고 미국 의학 학술지 〈JAMA〉에서 밝히셨죠 그 당시 바이러스라는 낱말은 존재하지 않았습니다 조정을 비롯 온 나라가 속수무책이던 그때, 할아버지는 선교사들과 힘을 모아 감염환자들을 돌보셨습니다

1920년 일제는 기어이 당신을 추방하고 말았습니다 1958년 모교인 캐나다 온타리오 수의과대학에서 정년퇴직하시자, 할아버지는 그리던 서울로 돌아오셨지요 한국땅에 뼈를 묻으시겠다며 서울대학교 문리대 캠퍼스 마로니에 꽃그늘 아래 새 거처를 정하셨습니다

마로니에할아버지, 종로통 피맛골 양반집이나 할아버지 댁에서 끼리끼리 떠들며 먹고 마시다가 할아버지 쪽에서 웃음소리가 터지면, 다들 귀를 세우며 조용해졌지요 따뜻한 흡인력이라고 할까요 당신의 유머 한 마디면 누구라도 참으로 간단히, 그리고 당연히 무장해제를 당했습니다 당신 앞에서는 모두 하나가 됐지요 교수와 재학생, 서울대 본교와 다른 대학, 선배와 후배를 가리지 않고, 아무튼 내남없이 어우러졌습니다 할아버지는 5월

중순이면 큰 가지마다 우듬지마다 횃불처럼 꽃을 피워
올리는 마로니에셨죠

　이 땅이 어둠에 갇혔을 때 빛으로 오신 할아버지! 코로
나 블루에 갇힌 지금, 할아버지가 사무치게 그립습니다

물망초 블루
— COVID19 · 3

블루 사파이어 같은 지구의 연세가 약 46억 살이 되셨
단다 호모 사피엔스의 나이는 30만 살, 보시기에 좋은
막둥이 귀염귀염 키우다보니 막무가내다 뭐든지 장난감
삼아 해찰하다가 여차하면 헤집어놓고 뒤집어놓기 일쑤
다 게다가 남 탓이라 우기는 데 이골이 났다 자연이 몸
살을 앓아도 나 몰라라 시치미 떼고 딴전을 부린다 이번
엔 딱 걸렸다

코로나 블루가 온 누리를 덮쳤다
호박잎의 흰나비 애벌레처럼
죽은 척 꼼짝달싹 않는 수밖에

그런데 이게 웬일?
서울 광화문의 하늘이 저리 청량하다니
인도의 어느 마을에서도 네팔의
히말라야 능선이 또렷하단다

하늘은 스카이 블루
구름은 스노 화이트

날 잊지 말아요
물망초 블루가 눈부시다

서래마을 개구리 울음소리

— COVID19 · 4

코로나19가 발호한 지 일년
어느덧 봄볕 드니 경칩!
진달래 꽃다지 분홍 속에 개구리가 깨어났다
산비알 볕바른 웅덩이에 개구리알들이
은화처럼 짤랑거린다
청계산 줄기에는 산안개 자란자란

젊은이들의 로망이라는 서래마을은
마스크 속에서 유폐 중
사회적 거리두기라나
다섯 사람 이상의 사적 모임은 금지
코로나19가 겨울자객처럼 길목마다 잠복해 있다

쇼윈도 여기저기 세일!
서둘러 아가옷방들이 폐업
소곱창집과 노래방은 여전히 경동맥 폐색증
와인하우스가 하나둘 흰 홑청을 뒤집어쓴다

블루 코로나를 밀어낸 블랙 코로나가

흑건적처럼 유린하며 골목상권을 접수한다
항서降書에 서명할 수밖에

그런데
서래마을 안골 어느 모퉁이에서
청룡어린이 놀이터 공사소음 같은
개구리 울음

"청룡어린이 놀이터 바닥까지 완전 개조 중입니다"
현수막이 찬란하게 바람에 나부낀다

호모사피언스를 넘어 신인류로
— COVID19 · 5

138억 년 전 빅뱅으로 우주가 비롯되었다
지구별이 우주시공에 생겨난 것은 46억 년 전
호모사피언스, 생각하는 사람은 30만 년 전
지구별에서 태어났다

생각하는 사람은 30만 년 동안 무얼 생각했을까

농업 · 산업 · 과학 · 4차산업 혁명 혁명 혁명
혁명하느라 너무 바빴던 게다
AI로 메타버스의 우주를 설계하고
자율자동차 자율비행기도 만드는
약물 한두 방울이면 도파민이 넘치는 신인류

터미네이터 어벤저스 문레이커의 세상
감성도 이성도 사랑도 없는 인공생명체
포스트 휴먼, 신인류 시대를 앞당기고 있다

디지털 시대로 건너뛰게 한
은밀한 배후 조정자

유기질도 무기질도 아닌

80억 인류 무릎을 꿇다

호모 펜데미쿠스
— COVID19 · 6

야린 젖꽃판 위로 대모산 담채의 산봉우리가 봉긋하다
빗물에 목을 축인 구룡산 도도록한 둔덕마다 젖샘이 도
는 것 같다

산수유 노랑, 생강나무 노랑, 히어리 노랑
젖멍울들이 포실한 노랑

꽃대를 자박자박 밀어 올리는
3월의 노랑 속에서

코로나19는 글로벌 서사가 되었다
세계보건기구는 최고의 감염병 경고등급
펜데믹을 선포했다
호모 사피언스의 일상은 잃어버린 꿈이다

호모 펜데미쿠스의 뉴노멀

위드코로나
— COVID19 · 7

이 또한 지나가겠지
태양의 후광이라는 코로나
훅 달아오르다 말겠지

그런 기대는 어느 결에 고스러지고
기후대책 논의도 점점 지러지고
만남이라는 우리 일상도 잦아드는데
포스트코로나는 기약이 없다

공중위생이냐 프라이버시냐
위드코로나 뉴노멀이 도둑처럼 숨어들고
코로나 블루는 후림불처럼 번진다

온라인 강의, 재택근무, 비대면 예배
코로나19가 앞당긴 디지털문명 세대
바야흐로 문명의 대전환기
알고리즘의 악마 같은 갈라치기를 살아야하는

위드코로나 펜데믹의 미래를 살아야하는

새가슴처럼 두근거리는 80억 인류에게
하늘 끝 동토의 오로라 같은
AI 메타버스의 꿈